LA LOMOTIVE

Délires de Miou Maja

Dédicaces à ma chère Maman et á tous mes soldats de l'ombre.

© 2015 - Miou Maja
Edition: BoD - Books on Demand
12/14 rond-point des Champs Elysées, 75008 Paris
Imprimé par Books on Demand GmbH, Norderstedt, Allemagne
ISBN : 9782322044252
Dépôt légal: décembre 2015

PARCE QUE...

Parce que je suis une partie de la TERRE-MÈRE.

Parce que quand je ne serai plus, je retournerai à elle.

Parce qu'elle et moi ne formons qu'un.

Parce qu'elle m'a fait naître parmi les privilégiés de ce monde à dessein.

Parce que je n'en ai pas le mérite mais la grâce.

Parce que je n'ai JAMAIS le droit mais le DEVOIR.

Parce qu'il ne s'agit pas du MOI, mais du NOUS.

Parce que PERSONNE ni AUCUNE DOCTRINE ne me détournera du chemin.

Parce qu'elle m'a choisie avec d'autres pour ce petit quelque chose.

Parce qu'elle m'a donné TOUS les outils pour accomplir ma tâche.

Parce que je suis une partie d'elle et elle est une partie de moi.

Parce qu'elle ne peut me donner que ce que je peux supporter.

Parce que j'aurai la force et la patience.

Parce qu'elle me ramène à l'essentiel à chaque moment de doute.

Parce qu'elle n'hésite pas à me brandir le miroir quand je suis dans l'erreur.

Parce que je ne trouverai répit que quand je lui obéirai.

Parce qu'elle me parle, me guide et me rassure.

Parce qu'au delà des intempéries, elle me montre son visage qui n'est qu'amour.

Parce que je ne connais pas la vérité mais seule l'exactitude est ma boussole.

Parce que tout se passe exactement comme elle l'a prévu.

Parce qu'au delà des chaînes du conformisme,

Parce que malgré les à priori,

Parce que loin de toutes les certitudes,

Je n'ai qu'un seul juge,

MA TERRE-MÈRE.

PARCE QUE JE SUIS LIBRE.

TIFFANY

Étoile céleste parmi tant d'autres,

Nous t'avons désirée bien avant d'autres.

Sans le savoir nous avons suivi le chemin qui mène à toi.

Que de prières et de larmes dans l'attente de ton rayonnement,

Que de moments de doute dans l'ignorance de ton existence,

Et tu nous observais le sourire en coin,

Ce sourire de lapin qui brise toutes nos barrières,

Amusée de notre immaturité,

Jouant de notre naïveté,

Confiante de la seule unité de mesure d'exactitude de cet univers,

Le temps.

Oui le temps tu l'as pris,

Le temps de nous laisser grandir,

Le temps de préparer ta demeure,

Le temps de détecter les meilleures fragrances royales,

Les seules dignes d'accompagner ton allure de princesse.

Tu as choisi ton heure, ta minute, ta seconde,

Tu as emprunté le chemin de l'inattendu,

Faisant corps avec ta destinée.

Et te voilà, nous observant de tes yeux de diamants.

Pierres précieuses autant que le bonheur que diffuse ton sourire.

Sourire aux dents de lapins,

Avec la puissance d'un tsunami d'émotions.

OUI ! Tu es descendue tout droit des Dieux.

Tu portes en toi la bénédiction de notre Mère.

Et ils sont tous sous le charme de la pureté de ton Amour sans façon.

À tes côtés tout est simple et beau.

Que ta volonté soit faite,

Ô Céleste Étoile!

Je rêve...

Je rêve de parcourir les sentiers de ma terre mère pieds nus,

Je rêve de sentir la pluie dans mes cheveux crépus,

Je rêve de respirer le doux parfums de la forêt,

Je rêve de grimper les montagnes pour atteindre les Dieux,

Je rêve de plonger mes mains dans le sable des côtes,

Je rêve du soleil qui me dira bonjour chaque matin,

Je rêve des éclats de rire de l'humanité,

Je rêve de me retourner et de te voir derrière moi,

Je rêve de regarder à l'horizon et de voir ta silouhette,

Je rêve que tu me tiennes la main et ne la lâche plus.

DANSE DES SENS

Tu es...

Le feu de la quarantaine bonifie...

Donne un croquant qu'on ne retrouve à aucun autre âge...

Cette suavité...

Cette voluptueuse et gourmande lascivité qui rend tout ce qui est fait très savoureux

Tes courbes voluptueuses entrevues m'obsèdent...

Tu es...

Un mot... Un regard... Un toucher... Un simple baiser

Un souffle... Une odeur... Une caresse... Un soupir

Une image... La musique d'une voix

Un silence... Un cœur qui bat au rythme des corps

Un goût... Une saveur

L'infinie richesse de la farandole du Désir...

Plus rien d'autre n'existe, rien qu'ici et maintenant.

L'assaut de l'Instant...

La violence de la douceur...

L'impétuosité des élans...

Tout n'est plus que sens, désir et feu de la passion des corps qui font qu'on visite les dix mille lieues du délice et de la délectation...

À corps en folie…

À sens éperdus...

La "Petite Mort" n'est plus loin et on se laisse emporter sans retenue,

Enivrés par cette mort douce...si douce...

Toute raison en apnée...

Tout entier à la dérive sur les lames tumultueuses du flux et du reflux des pâmoisons...

Mourir et renaître...

Donner son énergie pour être remplie d'une autre qui fait perdre la raison...

Oui c'est bien ça...

Perdre la raison, ne plus penser, Être tout simplement.

Ooooohhh!

ÊTRE!

Rendu à Soi.

Nu et sans fard ni prévenances.

Divine exultation orgasmique!

Grand est le Mystère que tu renfermes!

Moments précieux...

Gouleyante respiration...

Parties précieuses couvertes d'un nuage de rosée...

Écouter le murmure de chaque parcelle des corps…

Dialogues des sens…

Échanges des Dieux avec les Déesses…

...ÊTRE...

Donner...encore et encore...

Faire le don de soi.

ÊTRE…délivré de l'ego…

Echappé à haleine rompue hors de la geôle du Moi…

Cette hydre aux innombrables excroissances!

Oui...

Donner et recevoir...

Fusionner les intérieurs et les extérieurs...

Mêler les Essences...

Accomplir la noce Alchimique.

Renaissance...Beauté...Divinité...Paix !

Renaissance assurément... Renaissance...

Trouver la "Blue Note".

Nous l'avons trouvée lors de la danse de nos mots

Oui...Nous l'avons trouvée.

Elle est très Belle…

Moments volés...Instants de rêve? Réalité?

© Afrolivresque 31012014

[ILLUSION]...

Douce ennemie, tendre folie.

D'un épais manteau tu enveloppes et aveugles.

Tes paroles, à la lumière de ta nuit rayonnent comme du miel...

Mais très vite de fiel se chargent les cœurs de tes proies.

Leurs rêves envolés, espoirs dévorés...

Par ton insatiable faim.

Mais, comme un éclair, parait la lumière,

Qui te dévoile à ces malheureux et leur rend la vue...

Alors ils voient, à la lumière de la vérité.

Comme un ruisseau, se déchaîne en eux l'appel à la vie.

Alors ils entendent la voix qui les mène vers la liberté,

Et de ton emprise sont libérés.

Oui, tendre folie,

Tes jours sont comptés par le maître de la vie

Qui entend les cris de tes proies.

Illusion tu n'es point éternelle.

Toute puissante en nous est la vie,

Ce souffle qui apporte espoir, joie,

Que même tes liens ne peuvent retenir.

Alors nous dansons de joie sur la rivière de la vie,

Qui nous mène vers ce beau rivage...

Chemin de la vie, rencontre avec la vérité.

Abandonnée est ta route...

Vers la vie nous voguons....

Car maintenant nous voyons et entendons!

© Nicole NJ 2014

PARTIE I : TICKET POUR WEDDING

Au moment où me viennent ces mots à l'esprit, je suis assise dans un train quelque part dans la France. Et comme d'habitude, sans le vouloir, j'observe ceux et ce qui m'entourent. Les mots et les images font des va-et-vient dans ma tête. Très souvent, je ne les exprime pas sous forme écrite, mais cette fois-ci j'ai décidé de le faire ; il y a bien un début à tout.

Je ne vis pas en France, mais j'y vais très souvent car une grande partie de ma famille y réside. À chacune de mes arrivées dans ce pays, à Paris plus précisément, je suis fascinée par l'énergie parfois oppressante de cette ville. Ça bouge, ça court, ça parle, ça rit aux éclats mais…

Pour quelqu'un comme moi qui vit depuis 20 ans à Berlin, le porte-monnaie se révolte, fait une grève de la faim et hurle dès qu'il approche Paris. Pourtant, il n'y a rien de mieux que de prendre un café dans un bar parisien bondé de monde, où l'inconnu voisin de table n'a pas besoin d'être un expert à la NSA pour savoir le contenu des discussions des gens qui l'entourent ; la douleur au portefeuille est compensée par cette chaleur humaine. Oui, ça vaut le coup. Et tout ceci n'a pas changé malgré les derniers attentats du 13 novembre 2015. Heureusement, d'ailleurs ! À propos, si vous décidez de vous y rendre ces jours-ci, prévoyez au minimum 30mn d'attente debout pour le contrôle d'identité à votre descente d'avion. Avis donc aux femmes en high heels. Ça chauffe et ça fait mal, deh !

Les villes, les lieux ou les espaces ont une âme. On a parfois l'impression qu'ils ont aussi un cœur qui bat au rythme des personnes et des histoires qui les habitent, qui les traversent. Et comme tout cœur, ils peuvent vivre des moments de joie, de peur, de peine, de questionnement, mais surtout d'espoir. Certains lieux sont nos refuges, nos « Chez nous » ; d'autres sont des prétextes d'escapades, de fuite, et d'autres peuvent parfois exprimer des rêves que peut-être nous ne réaliserons jamais. Mais, ça n'est pas grave. La vie est ainsi magnifique !

Moi dans ce train, dans cet espace en mouvement, à laisser voyager mes pensées, cela m'a donné envie de vous parler d'une rencontre littéraire qui m'a interpellée sur l'impact qu'on certains lieux sur nous, et sur les empreintes que nous y laissons.

Il y a une semaine, j'ai assisté à Berlin à un débat littéraire dont le sujet principal était

« L'arrivée », cet instant chargé de ce quelque chose lorsque nous arrivons quelque part. Quand mon ami Steve (je vous raconterai un autre jour qui c'est et comment nous nous sommes connus dans un autre billet, ça vaut vraiment le détour) m'a envoyé une invitation pour cette rencontre, j'ai prié que mon agenda me permette d'y aller. Je n'aurais peut-être plus eu l'occasion de rencontrer les 3 brillants auteurs qui y seraient, et bien sûr, John Freeman, le modérateur de la rencontre, éditeur et promoteur passionné de littérature. Qui donc sont-ils ? J'y reviendrai plus tard.

À la lecture du thème des débats, ma première interrogation était de savoir dans quel espace et dans quel quartier il allait se tenir. Un coup d'œil sur l'adresse indiquée et grand fut mon étonnement ! Que lisais-je ? Wedding[1] ! Pour ceux qui connaissent Berlin, vous me comprenez. Pour les autres, je vous explique.

À l'image de toutes les grandes villes occidentales, il existe de « beaux quartiers » à Berlin, réservés aux riches ou à une certaine classe moyenne. En général, cette partie de la classe moyenne voudrait qu'on pense d'elle qu'elle est riche et pas comme les « autres » de

---

[1] Prononcer [vɛdɪŋ]

la même classe. Pour avoir un logement dans ces quartiers, il n'est pas conseillé de s'appeler « Atangana », ou pire encore « Alemdaroğlu ». Doté d'un super boulot, d'un casier judiciaire et d'un fichier Schufa[2] sans fautes, vous pouvez accumuler de bons points et espérer faire partir des heureux élus. C'est comme ça. On n'y peut rien (enfin, je le pense hein) ; comme quelqu'un avait dit dans le pays où mon train traverse un champ de vaches au moment où je vous écris, « ce pays, tu l'aimes ou tu le quittes ». Ne me demandez surtout pas de qui il s'agit, j'ai oublié son nom. Je disais donc tantôt, qu'il y a les « beaux quartiers » d'un côté, et puis il y a Wedding de l'autre (entre autres, bien sûr).

Wedding est un quartier populaire du nord de Berlin qui, petit à petit, s'est peuplé au fils des années de populations venant d'ailleurs : turcs, camerounais, ghanéens, pakistanais, chinois, nigérians, guinéens, marocains, tunisiens, algériens, congolais, etc. Dans certains pays on les appelle « minorités visibles ». Tout ça pour

---

[2] SCHUFA Holding AG : agence privée de crédit allemand sous la forme juridique d'une société anonyme dont le siège est à Wiesbaden. Ses actionnaires sont les banques, les sociétés commerciales et les autres fournisseurs de services. Sa mission est de fournir à ses partenaires des informations sur la solvabilité d'un tiers.

éviter les mots noirs, arabes etc. Ah, que j'aime les mots et leur puissance ! Ils ont une manière si spéciale de nous apprivoiser, bien que nous essayions toujours de masquer notre être profond en les tordant de manière ridicule. Ironie du sort, Wedding est le quartier où l'on retrouve beaucoup de rues dont les noms rappellent étrangement le passé colonial de l'Allemagne en Afrique. Wedding est donc un quartier d'immigrés ou de migrants ? expatriés ? réfugiés ? Je ne sais plus. Choisissez à votre guise ce qui vous fera mieux dormir le soir. Je ne veux en aucun cas être responsable de vos luttes sémantiques de conscience.

À priori, Wedding est un quartier où l'art et la culture des beaux salons ne sauraient avoir leur place ; un de ces quartiers où à priori les jeunes seraient désœuvrés, ne se projetteraient pas dans l'avenir, n'auraient pas l'intellect qu'il faudrait pour mieux comprendre les choses qui élèvent l'esprit. Ça, c'est ce que j'entends souvent à la télé. En passant, j'ai vécu plus de 10 ans à Wedding avant d'aller voir ce qu'il y avait dans les « beaux quartiers ». Je ne pense pas en être ressortie plus tarée qu'à mon arrivée. Donc comme dirait un camerounais qui pense détenir le secret de la date du retour de Jésus sur terre, « je sais de quoi je parle ».

PARTIE II : PARFUM NATAL

Un crissement aigu me fit lever la tête de mon clavier. Le train ralentit et entra dans une gare. J'en avais encore pour une heure et demie de trajet jusqu'à destination. Le monsieur assis sur le siège devant moi, la cinquantaine passée, se leva et s'étira à se désarticuler comme un pantin de bois.

« *Créateur du ciel, de la terre et de tout ce qui existe dans ce monde, y compris les pangolins et les mouches, sans oublier le petit écureuil qui m'a pourchassée il y a quelques jours à Berlin, fasse qu'il soit arrivé à destination. Je risque la prison à perpétuité pour meurtre s'il ne descend pas à cette gare. Les crissements du train comparés à son ronflement sont une mélodie de John Coltrane pour mes oreilles. Amen.* »

J'ai fermé les yeux pendant un temps qui m'a semblé interminable, question de donner une chance au Créateur de tout l'univers d'essayer, de faire des erreurs, de recommencer et de se racheter. Rien n'est facile sur cette terre. Quand je les ai ouverts, le monsieur avait disparu comme par magie. Au nom de Jésus, je l'avais vaincu ! Le monsieur était bel et bien arrivé à destination. Une arrivée nouvelle quelque part en France venait de s'inscrire au compteur des multiples arrivées éparpillées dans le monde. Un court instant, je me demandais comment allait se dérouler la sienne.

« L'arrivée ». C'était le thème de la rencontre littéraire qui se déroulait à Wedding. Mon arrivée à cette soirée a failli tourner au cauchemar. J'avais un quart d'heure de retard, je ne retrouvais pas l'adresse indiquée et je m'étais foulée la cheville ! Tout ça sous un froid de canard.

La rencontre avec pour slogan « HERE IS WHERE YOU ARE », « *C'est ici que vous êtes* », se déroulait dans une salle appelée « Silent Green ». Après quelques coups de fil échangés avec Steve Mekoudja, oui, le Steve d'en haut (un vrai gentleman), j'ai pu enfin trouver la salle. Heureusement que les vraies choses n'avaient pas encore démarré, et Dieu merci Steve m'avait réservée une place de choix aux premiers rangs.

Il y régnait déjà une belle ambiance en attendant le début de la rencontre. Le public, très jeune et de diverses couleurs (mais je n'ai pas vu d'asiatiques) discutait au bar d'à côté ou dans la salle principale ; en fond sonore, un coupé décalé[3] qui pouvait tuer[4] ! Une jeune demoiselle DJane mixait tous les derniers tubes africains du moment. J'étais comme un poisson dans un étang bio. Très à l'aise.

L'objet de la rencontre était la présentation du premier numéro d'une anthologie biannuelle, le « Freeman's », du même nom que son auteur. Dans le « Freeman's », John Freeman donne la parole à des écrivains qui l'ont marqué, afin qu'ils s'expriment librement sur un thème précis. Le thème de cette première édition du « Freeman's » est « L'arrivée ». Sous l'impulsion de l'écrivaine Taiye Selasi, c'était donc au tour de Berlin de découvrir le « Freeman's ».

Après le mot de bienvenue des organisateurs, c'est le modérateur de la soirée, John Freeman, qui prit la parole. Quand on connaît son parcours dans le milieu littéraire international, on est vite impressionné : critique littéraire et écrivain, rédacteur en chef du magazine littéraire « Granta[5] » jusqu'en 2013,

---

[3] Le Coupé-Décalé est un rythme urbain de la Côte d'Ivoire très populaires dans les pays africains et même au-delà
[4] Expression très répandue en Afrique francophone utilisée pour accentuer son enthousiasme pour quelque chose

[5] « Granta » est une idée originale lancée par des étudiants de l'université de Cambridge en Angleterre en 1889. Le

aujourd'hui rédacteur en chef du magazine Literary Hub, publications dans le New Yorker, le New York Times, et le Paris Review. Autant on s'attendrait à un discours très protocolaire, autant on est désarçonné et surpris par la simplicité et l'humour qu'il manie avec excellence. S'adressant au public, il dit d'un ton désinvolte : « *Rassurez-vous, vous n'êtes pas à un concours de beauté. C'est bien une rencontre littéraire* ». Je le comprenais. Les 3 autres débatteurs étaient assurément, en plus d'être de brillants auteurs, de vraies beautés.

Malgré ce joli tableau, j'ai senti un frisson me traverser tout le corps, de mon crâne rasé jusqu'à ma cheville foulée. John Freeman venait de nous annoncer que nous étions tous assis dans un crématorium. Hein ? Avais-je mal compris ? Je ne faisais plus confiance à mon anglais depuis un certain moment mais sur ce coup, j'aurai vraiment apprécié de n'avoir rien compris à son propos. Un regard

---

magazine a été nommé d'après la rivière qui traverse la ville. « Granta » a une « foi au pouvoir et à l'urgence du récit, de sa capacité suprême à décrire, à éclairer et à rendre les choses réelles ». Au fil du temps, « Granta » est devenu une plate-forme incontournable de la littérature dans le monde et a permis la découverte de grands auteurs.

autour de moi, et constatant les rires jaunes sur les visages (non, ils ne pouvaient pas être sincères !), je réalisais que je comprenais parfaitement l'accent américain de John Freeman. Que voulez-vous ? À force de se taper des heures de « Scandal », « Homeland » et « The good wife »[6] en version originale devant des seaux de Haagen Daz caramel beurre salé, on devient un « native English speaker » sans avoir jamais traversé l'atlantique en direction de son « cauchemar américain ».

Voilà donc un cadre tout aussi surprenant que le quartier : un crématorium ! Oui, vous avez bien lu, un crématorium ! Cet endroit où l'on brûle des cadavres ; ce lieu où l'on rend un dernier hommage au proche décédé. C'était pour moi une ambiance surréaliste dans un lieu, qui jusque-là, représentait pour moi la mort, la violence et le froid glacial de la séparation. La seule et unique fois que je rentre dans un crématorium remonte à plus de huit ans. C'était pour voir le corps inerte de ma mère, inerte, gris, froid, glacé et sans vie. On ne s'y remet pas. Jamais.

---

[6] Séries télévisées américaines très à la mode

Les occidentaux face à certaines situations ubuesques gardent leur sang-froid et restent imperturbables comme les soldats de la gestapo. Imaginez la même scène dans un quartier de Yaoundé, la capitale du Cameroun. Que pensez-vous que les personnes présentes feront quand elles constateront qu'elles sont dans un crématorium entrain d'écouter du Coupé-Décalé autour d'un verre ? En tout cas, moi j'aurais préféré détaler que de prendre le risque d'être mangée avec mon consentement en bonus. Qui est fou ?[7] Heureusement que l'humour l'emporta sur ma peur. J'ai plaqué mon plus beau sourire sur mon visage et je me suis bien calée dans ma chaise. Pauvre Steve ! Il s'était assis derrière une dame à l'afro volumineux. Impossible pour lui de voir les acteurs de la scène. La providence qui nous accompagnait toujours lui souffla à l'oreille qu'il y avait une place dans notre rangée. C'est ainsi qu'il put changer de siège. Une fois ce petit souci réglé, nous étions fin prêts pour la suite du débat.

L'une des premières questions posées par John Freeman aux participants était de savoir où est ce qu'ils se sentaient chez eux. Pour une

---

[7]Expression répandue en Afrique sub-saharienne francophone pour dire qu'on n'est pas dupe

personne d'origine camerounaise comme moi, qui vit depuis vingt ans en Allemagne et ayant de la famille aux quatre coins du monde, je me sentais directement concernée.

Fatin Abbas disait avoir toujours cru que chez elle c'est au Soudan. Mais après de longues années passées à l'étranger, elle s'y sentait parfois étrangère, bien qu'elle s'identifiait toujours à son pays d'origine. Le sourire et le charme de Fatin Abbas était vraiment contagieux. Cette auteure d'origine soudanaise, PhD. en Littérature comparée de l'Université de Harvard, réalisatrice du film-documentaire « Mud Missive » sorti en 2009, vivait à Berlin depuis bientôt un an, après avoir vécu en Angleterre, puis aux États-Unis. Elle a participé à la première édition du « Freeman's » sur « L'arrivée » avec son texte narratif de fiction « On a Morning ». C'était l'occasion ce soir-là pour elle d'en lire un extrait et de partager avec le public son expérience sur l'accueil et l'atmosphère dès son arrivée dans les différents pays où elle a vécu, de raconter comment ces lieux changent et comment elle participe à leur changement en tant qu'auteure d'origine soudanaise ayant un passeport américain. Fatin Abbas, qui écrit actuellement un roman dont l'intrigue se déroule dans une ville soudanaise fictive située sur la frontière des deux Soudan, a pris l'exemple de Berlin où elle vit, pour montrer que l'histoire d'une ville peut nous enseigner comment se reconstruire après être tombé. Je vous invite à lire à ce propos son excellent article «Why you should move to Berlin to be a writer »[8] publié dans le magazine « LitHub ».

« *Je me sens chez moi quand je sens l'odeur du plantain.* ». Ça, c'est du Taiye Selasi tout craché ! Décalé, déconcertant et inattendu, avec un charme dont elle seule détient le secret. Les éclats de rire qui ont fusé après cet aveu sensoriel avaient l'air de souffrir de solitude. La même solitude que l'on ressent quand, dans une conversation, on est la seule personne à avoir compris la blague qui n'en n'était pas une. Et pourtant ! Quelle phrase sublime elle venait de nous offrir là ! Mais pour la plupart des personnes présentes, le plantain pouvait tout aussi être le nom d'une planète nouvellement découverte où l'on soupçonnait la présence de gouttes de crème fraîche, que le nom du dernier virus fluorescent, poilu et meurtrier récemment

---

[8]http://lithub.com/why-you-should-move-to-berlin-to-be-a-writer/

découvert en Afrique. Encore heureux que Google soit le meilleur ami de ceux qui veulent bien accepter sa demande d'amitié et ne pas le caser dans leur liste restreinte.

Taiye Selasi est une femme magnifique dont les écrits ne laissent personne indifférent. Née de père Ghanéen, de mère nigériane, ayant vécu à Londres, en Italie, aux USA et depuis peu à Berlin, elle fait partie de la crème de la crème des auteurs depuis le succès de son dernier roman « Ghana must go », choisi comme l'un des 10 meilleurs livres de 2013 par le Wall Street Journal et The Economist. Son style littéraire, inspiré de son premier métier qui est la photographie, est d'une précision millimétrée et déconcertante. Avec des mots simples, elle est capable de vous faire découvrir la beauté d'un asticot. Ça n'est pas donné à tout le monde de réussir une telle prouesse. C'est ainsi qu'elle nous a décrit la complexité de la cuisson du plantain afin d'obtenir cette odeur particulière qui l'accueille à son arrivée chez elle. « *Le plantain doit être à point* », a-t-elle précisé. Seule sa mère était capable de le faire. C'est avec délice et nostalgie d'effluves de plantain que nous l'avons écouté nous expliquer la curiosité des mots que nous pouvons utiliser pour nommer certaines situations. L'un de ceux qui l'ont marquée dès son arrivée à Berlin est « Duldung », qui est l'une des catégories de titres de séjours délivrés en Allemagne aux ressortissants non européens et qui signifie « Tolérance ». Dans le même registre de curiosités, l'expression « Aliens of Extraordinary Ability », qui elle est une catégorie attribuée aux artistes, scientifiques ou sportifs étrangers ayant des mérites exceptionnels.

Il y a des habitudes dont nous ne nous défaisons jamais malgré tous nos efforts d'adaptation aux diverses cultures des pays que nous visitons. Les lieux et les espaces peuvent nous changer mais pas totalement. Il reste toujours une partie de nous qui s'oppose à tout changement. Dans ces cas, le changement ce n'est ni maintenant, ni hier, ni demain[9]. Il ne se fera jamais. Un point c'est tout. Non négociable. Quand je mange un plat de plantains avec un morceau de viande, qu'il vente, neige ou pleuve, le morceau de viande sera avalé en dernier, après tout le reste du plat. Croyez-moi, ce n'est pas faute d'avoir essayé mais rien n'y a fait. J'ai finalement abandonné ce challenge pour utiliser mon énergie à une

---

[9]Allusion au slogan de campagne « Le changement c'est maintenant » du Président français François Hollande

mission plus productive pour la planète (ne vous inquiétez pas pour moi, tout très va bien. Je ne suis membre d'aucune équipe de la COP21). Voilà pourquoi je vous ai réservé mon coup de cœur de la soirée pour la fin : Michael Salu.

Avec Michael Salu, que je ne connaissais pas avant cette soirée, je découvre une approche littéraire fascinante. Son style est un cocktail d'images créatives insoupçonnables pour le commun des mortels. Il faut préciser que Michael Salu est un graphiste de renommée internationale et a été directeur artistique du « Granta ». Il est l'est actuellement pour le « Freeman's » et en a conçu la couverture. Il est né au Nigéria qu'il a quitté à l'âge de 9 ans pour l'Angleterre. Depuis bientôt un an, il savoure les délices de Berlin d'où il dirige son agence créative salu.io. Pour lui, sa relation avec les lieux n'est pas émotionnelle. Il se sent chez lui là où il se sent bien. Cela peut être n'importe où. Ah ! J'ai oublié de vous dire qu'à la place des yeux sur son visage, il y a deux émeraudes qui reflètent la lumière lorsqu'il sourit. Ceux qui disent que le créateur de l'univers et de tout le reste est juste n'ont pas encore vu les yeux de Michael Salu.